거꾸로 서서 굴리다

마이노리티시선 27

거꾸로 서서 굴리다

지은이 조수옥
펴낸이 장민성, 조정환
책임운영 신은주 편집부 오정민 마케팅 정현수

용지 화인페이퍼 인쇄·제본 한영문화사 출력 경운출력
펴낸곳 도서출판 갈무리 등록일 1994. 3. 3. 등록번호 제17-0161호
초판인쇄 2007년 11월 22일 초판발행 2007년 12월 12일

주소 서울 마포구 서교동 375-13호 성지빌딩 101호
전화 02-325-1485 팩스 02-325-1407
website http://galmuri.co.kr e-mail galmuri@galmuri.co.kr

ISBN 978-89-6195-001-5 04810 / 978-89-86114-26-3 (세트)

값 6,000 원

이 도서의 국립중앙도서관 출판시도서목록(CIP)은 e-CIP 홈페이지(http://www.nl.go.kr/cip.php)에서
이용하실 수 있습니다(CIP제어번호 : CIP2007003458).

거꾸로 서서 굴리다

조수옥 시집

갈무리

시인의 말

말의 亂世다. 말이 말의 과녁을 향해 화살을 겨누고 말과 말이 서로 날뛰다가 말에 상처를 입는다. 그걸 치유하기 위해 말은 말의 시간을 필요로 한다. 가끔 산에 올라 너럭바위에 노을과 함께 앉는 날이면, 山寺에서 종소리가 들려왔다. 종소리는 맑고 깊었다. 그 종소리가 말이라면 나는 한없이 경배하고 싶었다. 그동안 몸속에 자생했던 말을 캐내 바깥으로 옮긴다. 혹, 말의 상처는 아닐까 두렵다.

2007년 늦가을

三聖山 望月庵에서

조수옥

차례

1부

서시
대나무
고철꽃
쇠똥구리
봉숭아
화장술
돌담
들숨과 날숨
달
매미
밥
불안을 잠근다
산당화
소래 옛 철길
축전
개미집
집겨울 간척지
小菊

서시

웃자라 우거진
마음속의 잡풀들
다 뽑지 못했는데
헛비만 자꾸 내려
잡풀 더욱 무성하다

대나무

대숲에 비바람이 친다
일제히 휘어질 듯 꺾일 듯
벼랑길을 내어주는 대나무들
한순간 말굽으로 허공을 차며
대가리를 솟구치는 푸른 말떼들
뜨거운 입김을 뿜어대며
갈기털을 사방에 훌쳐대는
생의 시퍼런 전율을 보라

고철꽃

꽃은 때가 되면
절로 피어나는 것이라지만
얼기설기 양철때기로 울타리 친
봄날의 호남고물상
저 녹슬고 망가진 녀석들은
언제 팔려나가
다시 생을 꽃피울 수 있을까
고철이 꽃이 되는

쇠똥구리

나는 쇠똥구리다
쇠똥 경단 속에 태어나
평생 쇠똥을 뜯어먹으며
쇠똥을 굴리다 생을 마감하지
내가 가는 길이
오르막이면 어떻고
내리막이면 어떻고
낭떠러지면 어떠랴
쇠똥은
나의 살이 되고 피가 되고
내 튼튼한 노동이 되는 거지
쇠똥만도 못한 세상
앞발로 굴리다 뒷발로 굴리다
성질나면 거꾸로 서서 굴리다

더 화가 나면 뿔로 치고 들어가
남김없이 먹어치우는 거지
태어나 쇠똥만 다루다
나는 이제 천하의 名手가 되었지
오늘도 네가 싼 쇠똥을 치우러
나는 세상길 나선다

봉숭아

텃밭 울타리가로 봉숭아 피었다
너는 언제 꽃 피느냐고 묻고 있었으나
나는 말없이 그냥 붉어지고만 있었다
봉숭아는 더 이상 묻지 않았다
뜨거울수록 무성한 것들은 아득히
여름 강기슭 쪽으로 흘러가고 있었다
나를 피우려 애면글면 하던 날들이
생각난 듯 왔다가 구름으로 지나갔다
꽃을 피우려고 꽃 진 자리 눈물을 본다
내 생의 하루가 꽃이 피고 지듯이
봉숭아 꽃그늘에 저물고 있다

화장술化粧術

샤세리오여
화장은 저렇게 하렸다

지상을 향해
마지막 魂을 쏟는
저 핏빛 노을처럼

돌담

그대는 모난 돌로
나를 누르고
나도 모난 돌로
그대를 누른다

그대와 나의
모난 돌이
오래 맞물리니
바람 일던
틈새에도 어느덧
이끼가 푸르러
이제 잠시라도
그대가 없으면
나는 와르르

무너지느니

마침내 그대와 나는
모서리에 서린
겨울빛 마저도
서로 품게 되었구나

들숨과 날숨

몸은 꽃을 피운다

공기의 푸른 숨질을
한 순간도 멈추질 않는
속 꽃과 겉 꽃이
겉 꽃과 속 꽃이
서로 은밀히 내통하여
몸의 우주를 운행하는
무색무취
절체절명의 꽃

꽃은
몸을 위해 일생을 바친다

달

새벽녘 누가 돌아가셨는지

희끄무레한 하늘집 사립문에

弔燈 하나 걸려 있다

매미

나는 그대를 위해
한번도 울어준 적 없는데

내 슬펐던 날을 기억하며
나 대신
울어주는

이젠 더 이상
슬픔은 없을 거라며
나 대신
울어대는

그대
억장가슴에서

무너지는

내 생의 肉汁을 본다

밥

빈 종이박스와
폐지 몇 묶음이
그렇게 절박한
밥인 줄 몰랐다

차 혓바닥이 날름대는
2차선 도로 한복판을
허리띠 같은 밥줄 움켜쥐고
허겁지겁 지나가는
수염 거친 늙은 사내

생을 무단 횡단하는
밥 위로
하염없이 눈발이 친다

이제 막
버스정류장 가판대 옆 골목으로
땅거미처럼 스며드는 사내여

나는 허섭스레기가
밥인 줄 정말 몰랐다

불안을 잠근다

나는 집을 나설 때 門을 잠근다
불안한 불안을 잠근다
수나사가 암나사의 자궁에 찰칵하고
삽입하는 순간 불안은 사라진다
그때서야 안심하고 집을 나선다
나는 하루에도 수십 번씩 문을 잠근다
마음의 수문이 열리기 때문이다
마음이 넘치면 적시는 것 너무 많아
나는 기어이 문을 잠근다 그대가
나를 열려고 아무리 용을 써 봐도
한번 발기된 마음은 빠지지 않는다
내 몸 속의 불안과 안심은 자웅동체다
집을 나설 때 門을 잠그는 것은
불안을 닫고 나를 여는 것이다

산당화

싹둑 잘린 하반신
고무로 질끈 잇대어서,
붐비는 지하도 입구에서
벌레처럼 꿈틀대는
봄날의 사내여

나는 보느니
그대 눈에 맺히는
눈물꽃의 만개를

소래 옛 철길

철길을 따라 걷다가 길을 놓쳤다
내 마음의 끝이 그만 사라져 버렸다
사라진 끝자락 잡풀 우북한 길섶에
삐뚜름하게 서 있는 나무울타리
새끼줄 한 가닥이 추억을 꼬아 올리고 있다
먼지 낀 녹슨 철로 변에 앉아 화투짝으로
봄날을 피박씌우는 중년 여인과 사내들
누가 저들의 푸른 날을 다시 기약이나 해 줄까
젖은 삶의 그림자를 햇살에 슬며시 내놓아도
옷깃 사이로 비린내 짙은 바람이 불어온다
저 바다 너머 물보라로 피어 있을 그리움을
가득 싣고 달려올 나의 애인 같은 기차는
이제 오지 않는가 영영
더는 갈 수 없는 철길에 마음이 끊기지만

사라짐은 평행으로 치닫는 것이 아니라
눈을 마주하고 달리는 끝없는 입맞춤이다

축전

지난해 산사태로 흙탕물이
전염병처럼 휩쓸고 간 산동네 골목
키 낮은 담장 곁에 둥지를 틀고
이제 막 노란 문패를 내건
민들레에게 우체부가 엽서 한 장
건네주고 내려오고 있다

개미집

비 그친 뒤 풀밭 불룩한 흙더미 구멍 주변에 개미들이
분주하다 개미 한 마리가 눈곱만한 먹이를 입에 물고 구
멍 속으로 들어가고 있다

사는 일이란 이처럼 목구멍 하나 건사하기 위해
날마다 먹이를 찾아 세상의 구멍 속을 들락거리는 것일까

후— 불면 금방
풀씨처럼 날아가 버릴 것 같은
아슬아슬한 생의 노역이
지금 풀밭 속에서 한창이다

구멍은 生의 정수리를 소통하는 혈관 같은 것
한참을 바라보다 이제 막 오금을 펴고 일어서려는데

푸! 숨 쉬는 개미집

겨울 간척지

갈대는 끝내 잠들지 못했다
몇 년 전 대처로 떠나버린 철새들은
해가 바뀌어도 돌아오지 않았다
갈대는 밤새 바람 부는 쪽으로
귀 끝을 세워 놓았지만 시화호 너머
공단 굴뚝은 연기만 뿜어내고 있었다
떠난 자들의 흔적이 지워지는 동안
갯벌로 이주한 나문재 갯질경이가
앞 다투어 뿌리를 내리기 시작했다
어느 날은 갈대숲 물웅덩이에
언뜻 내비친 살얼음 낀 하늘을 보았다
팥빛 노을 속을 까막조개 같은
얼굴들이 무릎걸음으로 갯벌을 밀며
다가오고 있었다 손짓하면 금세

싸락눈으로 달려와 손을 호호 불며
가슴에 불을 지필 얼굴들이었다
한겨울 갈대는 백설기 같은 꽃을
피워대기도 했지만 철새들의 안부는
끝내 알 수 없었다 갯벌은 점점
굳어져 갔고 뿌리 없는 풍문은
달팽이관에서 더 이상 자라나지 않았다
환청은 아득한 눈발인 듯
겨울 내내 갈대 곁을 떠나지 못했다

小菊

누가 내다버린
향기 다 떨구고
춥게 오므리고 있는
화분 속의 소국
꽃잎과 꽃잎
그 속살 사이로
늦가을 햇살이 저문다

내 몸에서도
하루가 꽃잎처럼 지고 있다

인연

正二月, 어디선가 마른 불 냄새가 난다

엊그제 불이 난 오전동 가구단지 아래 목재소

꽃샘바람에 재티가 허공에 풀풀 날리는데

늙은 사내가 산소용접기로

불에 터진 뼈대의 상처를 불로 꿰매고 있다

구둣굽을 갈며

구둣굽을 간다
닳고 닳은
슬픔의 징을 간다

마른 곳 진 곳
가리지 않고
육신의 무게를
세상으로 져 나른
노동을 간다

이제는 발바닥
굳은살처럼
칼로 베어내도
아프지 않은

내 삶의 밑창에

희망의 굽을

박아 넣는다

바지의 귀

내 바지에도 귀가 있었네
종이배처럼 접힌 슬픈 귀가 있었네
내가 감정의 파고에 휩싸일 때
말없이 두 손을 감싸주던 귀
비록 남의 말은 가슴에 담지 못하나
내 말은 거울처럼 알고 있는 귀
그 귀 한 번도 사랑해본 적이 없네
귓불이 때가 끼고 해져도
씻어주지도 어루만져 주질 못 했네
찬바람 부는 귀 시린 세상길
온갖 잡소리로 꽁꽁 언 볼때기 귀를
오늘은 뜯어내 바지의 귓속에 집어 넣네
바지의 귀는 내게 말을 하네
세상의 모든 것들은 다 귀가 있어

귀를 함부로 다스려서는 안 된다고
내 헐렁한 바지에도 귀가 있었네
종이배처럼 접혀 나를 세우는 귀

봄날

안양천변 개나리 줄지어 핀 뚝방길
할아버지 한 분이 리어카를 끌며 지나가고 있다
리어카에 크고 작은 박스들이 납작하게 실려 있다
땅바닥에 엎드려 한없이 비바람에 젖고 시달려
이제 개천 밑바닥만큼이나 깡마른 할아버지
손잡이를 놓칠세라 양팔에 힘이 잔뜩 박혀있다
하루치의 양식을 몇 킬로그램의 무게로
저울눈금에 저당하는 할아버지의 허기는 얼마일까
닳은 바퀴자국을 껴안고 굴러가는 할아버지
움푹 팬 곳에서 몸이 잠시 흔들리자
할아버지 주름진 생애가 한쪽으로 기우뚱거린다
중심이란 몸 가물어 쩍쩍 갈라질 때 마음
한가운데로 물꼬를 터 기운을 모우는 것을
왼 종일 먼지 날리는 세상 변방길 기웃거리며

눈동냥으로 주워 모은 박스를 가까스로 쌓아 올렸다
한장 한장 노곤의 힘줄로 붙들어 맨 박스들
지금 할아버지는 지상의 봄날을 끌고 뚝방 끝
골목길을 실루엣으로 접어들고 있다

나비

엉겅퀴꽃 앞에 두고
생각과 생각을 팔랑거리며
마음을 저울질하는
흰나비 한 마리

안길까

말까

안길까

말까

하기야

저런 망설임과 설렘의
순간마저 꽃이 아니라면
삶은 너무 건조하겠지

도계를 지나며

산 가장자리에 납작하게 엎드린
빛바랜 흑백 사연들

한 평 남짓 빈 방안
어질러진 세간에 더께가 끼어 있고

좁은 모퉁이길 국화 핀 담장 곁에
누가 세 들어 사는지 기침소리 들린다

금간 슬래브 지붕 위로
시나브로 날리는 잿빛 하늘

도계탄광으로 가는 화물열차는
우중충하고 짧다

홀연 바람이 찾아와
뜯겨진 사택 문짝을 흔들어대는

그곳, 지워지지 않는 생의 흔적이
그을음처럼 남아 울고 있다

노을

오늘도 세상 누군가가

어떤 불온한 생각을 했길레

하늘은 낯빛이

저리 붉어 저무는 것일까

말도 못 해 보니?

새 한 마리가 허공을 날아간다
미끄러지듯 내려가다가
다시 바람에 스치듯 올라간다
만약 새에게도 날개대신 팔이 있어
거리를 활보할 수 있다면
나는 새 곁에 다가가 반짝거리는
새의 눈빛에 매달려 말하고 싶다
다이어트는 어떻게 하는 거니?
아침밥을 먹기는 먹는 거니?
날씬한 몸매를 가꾼 새에게
생각의 꽃을 막 피우는 순간
새는 내 말을 눈치라도 챘는지
흥! 별꼴이야 하며 시야에서 그만
나를 내팽개치고 만다

가로등

눈보라치는
겨울 새벽녘이다
아파트단지
느티나무 근처에서
눈꺼풀 치켜뜨며
혼신을 다해
어둠을 비질하는
사내의 화엄 같은

저 눈빛

명사십리

내 울음소리가
십리 달빛 밖
그대에게까지
들린다지요
오늘도 내 가슴속을
파고드는 파도는
그리움만 사정하고
서둘러 떠나는
난봉꾼 같지만,
난 그이 없이 단
하루도 못 산답니다
왜냐구요,
알알이 박힌 제 몸의
보석들이 모두
그이의 눈물인 걸요

民泊

어둠을 선적한
섬은 난파선처럼 흔들렸다

깎아내도 깎아내도
다시 치솟아 오르는 파도

한겨울 서해 장삼포
마늘밭 아래 붉은 토담집 봉창 너머로

밤새껏 날선 바람이 바다를
대패질만 해대고 있었다

뻐꾸기

앞산이 뒷산을 부를 때

뒷산이 앞산을 품을 때

그리움은 山으로 솟구쳐

그렇게 첩첩이 쌓여서 오리

온몸을 골짜기로 내놓고

핏빛 울음으로 화답하는

그대, 生滅의 슬픈 절규여

안개

눈이 멀고
길이 침침하다
한낮인데도
달도 별도 없는
한밤이라니
손과 발이 있어도
천길 벼랑이라니
가끔 비상등이
비명을 지르는
외진 길
여귀女鬼가
뿜어내는 입김 같은
나를 누르는
주술 같은 나여

안개

갓길 없는
생의 이정표에서
기억의 미로가
나를 찾는다

雨花

꽃 피는 일이 경이로운 것만은 아니었구나

도로 위로 한정 없이 쏟아지는 그대여

그대는 부서지고 으깨지며 꽃을 피우는구나

벌 나비 한 마리 없는 빈궁의 도심에서

가슴 깊이 꽃대궁 세워 꽃을 터트리는구나

꽃 피우는 일은 고통을 태우는 불꽃이었구나

이별

이별은 생살을 찢는 일이다

봄이 결별하는 거리에 꽃이 지듯

그대 가슴과 내 가슴에서

떨어지는 쓰라린 꽃잎이다

바람에 흩날리는 비울음이다

아 잔혹한 그리움이다

일필휘지

한겨울

허공을

활강하는

새

한 마리

飛白의

숨결로

흰 광목천이

부르르

떠는

초승달

쳐다보지 말아라

찬 겨울 하늘에
활처럼 흰 등줄기가
시퍼런 허기로 위태롭다
그대 가슴에 부메랑으로
쳐박힐 것 같은

치악雉岳의 별

나 여태 저렇게 크나큰 벌집 본적이 없다
지상을 향해 시퍼렇게 달려드는 광휘의
벌 떼들 나 오늘 밤 아무도 모르게
첩첩 산골짜기에서 홀로 벌침 맞고 싶다
마침내 온몸이 벌집이 될 때까지

3부

기역자

낫 놓고
기역자도 모르는 우리 엄니

세월의 풀무질에 짓눌러
ㄱ자로 걸어간다
한 획 긋는데 팔십 평생이 걸린
저 필적筆跡

마침내 우리 글 자음 첫 자를
온몸으로 일궈냈느니

그 해 겨울

안개 자욱한 시립공동묘지에다 그를 뿌렸다 손아귀를
빠져나가는 그는 너무 가볍고 너무 무거웠다 아직 스러
지지 않는 山菊 이파리 속으로 수많은 입자들이 그를 포
식해 갔다 억새들도 날카롭게 그를 베어갔다 지나간 일
들이 함몰되는 순간 빛은 꺾였고 눈에서 어둠이 흘러나
왔다 산을 빠져나왔지만 첩첩 산이었다 살아 움직이는
것들은 죽음을 모르는 밥벌레들 같았다 도로를 지나가는
차들은 다시 오지 못 할 생의 한 굽이를 넘어가는 듯 사
라져갔다 그 해 겨울 나는 슬픔의 깃털로 박제된 어미 새
를 보았다

가을날

볕 좋은 가을 날 어린 조카가 고구마를 캔다 땅속에 부
장된 유물을 캐듯 호미로 주위의 흙을 조심스레 긁어댄
다 조카는 조금씩 벗겨지는 흙 묻은 덩어리의 비밀이 신
비스러운지 한참을 들여다 본다 주둥아리 아래 몸통 무
늬에 묻은 흙을 손으로 닦아내며 마지막 밑 부분을 들어
낸다 드디어 세상에 제 모습을 드러낸 한 쌍의 붉은색항
아리형토기 달디 단 가을볕을 닮아 몸통이 볼그스름하다
두 손으로 흙이 빚은 이 절창을 받쳐 들고 탄성을 지르는
조카 찰칵 사진 한 장 박힌다

가을비

가을비가 어둑어둑 내린다
마당 한쪽 채마밭 울타리 가상이
봉숭아 꽃대가 까맣게 말라간다
해갈이 한 감나무 무안해서인지
이파리를 수북이 떨어뜨렸다
어느덧 계절이 가슴께까지 차오르면
괜히 집 주위를 서성거리시는 어머니
장꽝 빈 항아리속의 농익은 적막이
어머니의 쓸쓸함보다 더 곰삭았을까
세월의 아궁이속에 온기를 지피며
홀로 몸 뎁혀 온 어머니 무릎관절에
물이 차고 혈압이 수숫대 같다
들녘 깻대처럼 점점 야위어가는 어머니
잔기침에도 뼈마디가 움찔거린다

짝

　살구꽃이 축포를 쏘는 봄날 툇마루에서 할아버지가 할
머니의 머리카락에 물을 들이고 있다 지금 할아버지는
이 세상에서 가장 아름다운 꽃물을 들이고 있는 것일까
꼬부랑머리를 연신 빗질하는 할아버지 검버섯 핀 손등위
로 힘줄이 방긋이 부풀어 오른다 빗질 자국 선명한 머리
카락이 말끔히 뒤로 쏠리자 떡살문양 같은 할머니 얼굴
이 햇살에 찍힌다 함께 살아온 생애가 싸리비로 쓴 듯 환
하다

고추를 따며

봄부터 서리 내리는 상강까지
어머니는 고추밭을 한번도 떠난 적이 없었다
트랙터로 골을 치고 나면 모종을 하고
땅에 젖을 물리듯 굽은 등 엎드려 물을 주고
고추의 일생이 바람에 꺾이지 않도록 지줏대를 세웠다
그리고 나서 끝물 때까지 고추밭이랑을
넘나들며 온갖 정성을 다 쏟으셨다
팔월 불볕과 地熱의 숨 막히는 고랑에서
어머니는 고추보다 먼저 푸슬푸슬 익어갔지만
공든 탑이 무너지랴, 튼실한 밑뿌리 하나로
고추밭을 지극정성 공양하신 어머니
아픔의 무게가 불도장처럼 찍힌 허리의
쑥뜸자국은 끝내 사라지지 않았다
이태 전 연사흘 폭우가 내리 퍼붓던 날

이러다 흙마저 썩어 문드러져버리면
농사는 어떻게 짓는담 한숨은 열병처럼 도져
어머니의 희망을 시들게 했지만
밑도 끝도 보이질 않는 농사일이란
세찬 비바람으로 어머니 팔다리를 흔들어 놓기도 하고
가슴을 쩍쩍 갈라놓는 가뭄이기도 했다
그러나 나는 세상이 아무리 메말라도
어머니의 땅만은 마르지 않는 다는 것을 안다
땀방울 눈물방울 한 톨까지 고스란히
땅에게 돌려주시는 어머니 그 넉넉한 힘이
척박한 땅을 일궈내고 싹을 틔어낸다는 것을
닳고 닳은 손가락 끝마다 아려오는 노을이
산마루에 걸려 땅거미가 내릴 때까지
어머니는 고추밭을 떠나지 않으셨다

너를 향해

걷고 또 걷는다
미친 듯이 길을
걷다가도
너를 바라보면
너는
희망이었다가
허방이었다가
보일 듯 말 듯
신기루 같은
때론, 내 정신을
후려치는 너
그러나 나는
너와의 빛나는
싸움을 위해

너를 향해 나를 겨눈다
왜냐고 묻지 마라
쓰러진다는 것은
너에 대한 나의
치욕이기 때문이다

詩

어디 있나요

엄동설한
미사여구 훌훌 벗어던져버리고
명사 동사 보습만으로
겨울 묵정밭을 쟁기질하는
그대는

하현달

춥고 배고팠던
이승의 생
뭐 그리 여한이 있다고
밤 이슥토록
구름 낀 西天 산 능선을
홀로 아등바등
넘어가는가

이 못난 사람아

장례식장

나이 든 저 여자
세탁기처럼 우네
그녀의 일생이
통속에서 돌고 돌아
눈물콧물 피눈물이
다 빠져 나오네

아가야
배고프니
젖을 물려줄까?

괜찮아요 어머니
이제 탯줄을 잘라주세요
숨이 막혀 와요

아니다 탯줄은
자를 수 없는 것이란다
탯줄을 끊는 것은
生의 악연이란다

몸은 작지만
울음이 큰 저 여자
그 소리 듣고
몸의 전원을 꺼버리자

울음이 훨훨 승천을 하네

풍경

시월 아침 오십 줄의 부부인 듯한 환경미화원이 도로
경계석 주위를 다 쓸고 나서 회양목이 있는 화단 턱에 플
라스틱빗자루를 비스듬히 세워놓고 나란히 앉아 자판기
커피를 마시면서 담소를 나누고 있는 모습이 단풍보다
더 고와 보였다

起

어둠 속에 성냥알 화악! 그어봐라

얼마나 재빠르게 어둠이 달아나는가

그대 숨겨둔 罪 부끄러우니

포로

빈집 뒤란 죽은 감나무를
능소화 넝쿨이 능글능글
휘감아 오르고 있다

내가 눈이 멀어
네 몸뚱이를 칭칭 감고 감아
네 몸 구석구석 혓바닥 같은
꽃 내밀 수 있다면

그땐 넌, 눈을 뜨겠니?

호박

한여름 내내 텃밭 한쪽을 품고 있던 구름넝쿨이 늦가을
담장너머로 걷혀 가자 그 가장자리에 천둥번개도 눈치 채
지 못 했을 구름알 한 개가 수줍게 얼굴을 내밀고 있었다

행랑채

아버지 돌아가시고 이태가 지나자
행랑채가 무섭다고 말씀하시는 어머니
새벽녘이면 고양이 울음소리 때문에
밤잠을 설치신다고 했다 그래서 큰맘 먹고
여름휴가 때 행랑채를 허물었다
포크레인 굵은 팔뚝이 슬래브 지붕을 누르자
팔십 년 곯은 세월은 십 분을 채 견디지
못하고 끝내 힘줄을 놓고야 말았다
흙벽이 무너지고 벌레먹은 기둥이 쓰러졌다
어머니를 짓누르던 무서움이 쏟아져 내렸다
곡간과 헛청과 외양간과 작은방 하나를
품었던 행랑채 소지처럼 날아가 버렸다
이제 그곳에 텃밭을 일궈 열무 쑥갓 상추를
가꾸시겠단다 이참에 어머니 마음속 촘촘했던

쓸쓸함과 외로움을 몽땅 뽑아내셨으면
어머니 쑥쑥 자라나는 푸성귀처럼
이제 마음 놓고 푸른 잠에 드시려나

그 해 여름

나 더위 먹고 맴맴 거리다가 밭둑 먹구슬나무 아래서
땀 식힌 적이 있네 고추밭 고랑에 들어서면 숨이 너무 막
혀 몸은 금세 붉은 고추가 되었네 땅속에서도 더위는 벌
레처럼 기어 나와 살갗에 달라붙었네 그럴 때면 밭둑에
가지내린 먹구슬나무가 그리웠네 푸른 이파리를 몸에 잔
뜩 거느린 먹구슬나무 내게 휘파람을 불며 손짓하고 있
었네 밭둑 가상이 옥수수들이 나란히 키를 재고 있었지
만 그늘은 되질 못 했네 고추밭 옆 꺼멓게 말라비틀어진
넝쿨위로 참외 수박이 나뒹굴며 나를 보채고 있었지만
나는 젖이 될 수 없었네 간척지 너머 강물은 산그늘 찾아
구렁구렁 기어들어가고 있었네 지금도 그곳에 더위 먹은
한 사내가 먹구슬나무 아래 땀을 씻으며 앉아 있네

보물

내 생의 지층 켜켜이
온통 눈물로 박혀 빛을 내는

아 어머니

겨울국물

내일 모래가 아비 제삿날이다
잔설이 희끗희끗 남아 있는 마당 텃밭에
어머니가 짚가리처럼 앉아
봄동 꼬랑지를 칼로 도려내고 있다
이파리를 칼로 툭툭 쳐내고 묵은 된장 풀어
꾸물꾸물 모여들 자식들 입에
국 끓여 멕일 요량이다
흙 묻고 축 쳐진 걱정거리를 떼어내며
홀로 구시렁거리신다

뭐니뭐니 혀도 겨울을 나려면
뱃속이 따쉬야 혀